...malutką rybkę z czerwonymi płetwami i złocistymi oczkami. Rybka była mała, kiedy znalazła ją Jajszen. Ona zaś przynosiła jej pokarm i obdarzyła ją taką miłością, że wkrótce rybka urosła do pokaźnych rozmiarów. Gdy Jajszen przychodziła nad jezioro, rybka wystawiała łepek z wody i opierała go na brzegu tuż obok dziewczynki. Nikt nie znał jej tajemnicy. Aż pewnego dnia macocha zapytała swoją córkę – Dokąd udaje się Jajszen z ziarenkami ryżu? – Dlaczego nie pójdziesz za nią? – zaproponowała córka – może się dowiesz.

Macocha ukryła się za kępą trzcin i czekała obserwując swoją pasierbicę. Gdy zobaczyła, że Jajszen odeszła, włożyła rękę do wody i zaczęła nią poruszać. – Rybko! Mała rybko! – czule zanuciła. Lecz rybka bezpiecznie skrywała się pod wodą. – Przeklęte stworzenie – syknęła macocha. – Jeszcze się do ciebie dobiorę...

...a tiny fish with red fins and golden eyes. At least, he was tiny when Yeh-hsien first found him. But she nourished her fish with food and with love, and soon he grew to an enormous size. Whenever she visited his pond the fish always raised his head out of the water and rested it on the bank beside her. No one knew her secret. Until, one day, the stepmother asked her daughter, "Where does Yeh-hsien go with her grains of rice?"
"Why don't you follow her?" suggested the daughter, "and find out."

So, behind a clump of reeds, the stepmother waited and watched. When she saw Yeh-hsien leave, she thrust her hand into the pool and thrashed it about. "Fish! Oh fish!" she crooned. But the fish stayed safely underwater. "Wretched creature," the stepmother cursed. "I'll get you..."

– Ciężko dziś pracowałaś! – macocha zwróciła się do Jajszen tego samego dnia.
– Zasłużyłaś na nową sukienkę. I macocha zmusiła Jajszen, aby przebrała się
ze starych, podartych łachmanów. – A teraz idź i przynieś wodę ze źródła.
Nie spiesz się z powrotem.

Jak tylko Jajszen się oddaliła, macocha nałożyła podartą sukienkę i szybko
udała się w kierunku jeziora, w rękawie zaś niosła ukryty nóż.

"Haven't you worked hard!" the stepmother said to Yeh-hsien
later that day. "You deserve a new dress." And she made
Yeh-hsien change out of her tattered old clothing. "Now, go
and get water from the spring. No need to hurry back."

As soon as Yeh-hsien was gone, the stepmother
pulled on the ragged dress, and hurried to the
pond. Hidden up her sleeve she carried a knife.

Jajszen
YEH-HSIEN

retold by Dawn Casey

illustrated by Richard Holland

Polish translation by Jolanta Starek-Corile

Dawno temu w Południowych Chinach, jak głosi stara przypowieść, żyła sobiepewna dziewczynka imieniem Jajszen. Już jako dziecko była mądrą i dobrą dziewczynką. Lecz jak dorastała spotkało ją wielkie nieszczęście, gdyż zmarła jej matka, a potem ojciec. Jajszen została powierzona macoszej opiece.

Niestety macocha miała już córkę i nie kochała Jajszen. Karmiła ją resztkami pożywienia i ubierała w stare, podarte łachmany. Zmuszona przez macochę, Jajszen zbierała drewna na opał z najbardziej niebezpiecznych zakątków lasu i czerpała wodę z najgłębszego jeziora.
Jajszen miała tylko jedną przyjaciółkę...

Long ago in Southern China, so the old scrolls say, there lived a girl named Yeh-hsien. Even as a child she was clever and kind. As she grew up she knew great sorrow, for her mother died, and then her father too. Yeh-hsien was left in the care of her stepmother.

But the stepmother had a daughter of her own, and had no love for Yeh-hsien. She gave her hardly a scrap to eat and dressed her in nothing but tatters and rags. She forced Yeh-hsien to collect firewood from the most dangerous forests and draw water from the deepest pools.
Yeh-hsien had only one friend...

Rybka ujrzała sukienkę Jajszen i na moment wystawiła łepek z wody. W tej samej chwili macocha zatopiła w niej swój sztylet. Duże rybie ciało wypłynęło z jeziora i martwe spoczęło na brzegu.

– Jest wyśmienita – chełpiła się macocha, gdy ugotowała i podała wieczorem rybią potrawę. – Smakuje o wiele lepiej niż zwyczajna ryba. I macocha razem z córką zjadły każdy kawałeczek przyjaciółki Jajszen.

The fish saw Yeh-hsien's dress and in a moment he raised his head out of the water. In the next the stepmother plunged in her dagger. The huge body flapped out of the pond and flopped onto the bank. Dead.

"Delicious," gloated the stepmother, as she cooked and served the flesh that night. "It tastes twice as good as an ordinary fish." And between them, the stepmother and her daughter ate up every last bit of Yeh-hsien's friend.

Następnego dnia, gdy Jajszen nawoływała swoją rybkę, nikt się nie odezwał. Kiedy zawołała ponownie jej głos wydał się dziwnie jękliwy, żołądek podszedł jej do gardła, a słowa zamarły jej na ustach. Jajszen uklękła i rozsunęła rzęsę wodną, ale oprócz kamieni pobłyskujących w słońcu niczego nie zobaczyła. Już wtedy wiedziała, że jej jedyna przyjaciółka odeszła.

Zachodząc się od płaczu, Jajszen upadła na ziemię i w dłoniach ukryła swą twarz. Nie zauważyła więc spływającego po niebie staruszka.

The next day, when Yeh-hsien called for her fish there was no answer. When she called again her voice came out strange and high. Her stomach felt tight. Her mouth was dry. On hands and knees Yeh-hsien parted the duckweed, but saw nothing but pebbles glinting in the sun. And she knew that her only friend was gone.

Weeping and wailing, poor Yeh-hsien crumpled to the ground and buried her head in her hands. So she did not notice the old man floating down from the sky.

Delikatny powiew wiatru musnął jej brwi i z zaczerwienionymi od płaczu oczyma Jajszen spojrzała w górę. Staruszek spojrzał w dół. Jego włosy były rozpuszczone, ubrany był w zgrzebny przyodziewek, ale w jego oczach malowało się współczucie.

– Nie płacz – czule się odezwał. – To macocha zabiła twoją rybkę i ukryła ości w gnojowisku. Idź i je pozbieraj. Posiadają one magiczną moc i spełnią każde twoje życzenie.

A breath of wind touched her brow, and with reddened eyes Yeh-hsien looked up. The old man looked down. His hair was loose and his clothes were coarse but his eyes were full of compassion.

"Don't cry," he said gently. "Your stepmother killed your fish and hid the bones in the dung heap. Go, fetch the fish bones. They contain powerful magic. Whatever you wish for, they will grant it."

Jajszen posłuchała rady mądrego człowieka i ukryła ości w swoim pokoju. Często je wyjmowała, aby je potrzymać. W jej dłoniach wydawały się gładkie, zimne i ciężkie. Ale przede wszystkim, przypominały jej swoją przyjaciółkę. Z czasem też Jajszen wypowiedziała swoje życzenie.

Jajszen miała teraz co jeść i w co się ubrać oraz posiadała drogocenny jadeit i lśniące jak księżyc perły.

Yeh-hsien followed the wise man's advice and hid the fish bones in her room. She would often take them out and hold them. They felt smooth and cool and heavy in her hands. Mostly, she remembered her friend. But sometimes, she made a wish.

Now Yeh-hsien had all the food and clothes she needed, as well as precious jade and moon-pale pearls.

Niebawem zapach kwitnących śliw zapowiedział nadejście wiosny. Nadszedł czas wiosennego balu, na którym zbierali się okoliczni mieszkańcy, by oddać cześć swoim przodkom, a młode panny i kawalerowie mieli nadzieję na poznanie przyszłego męża lub żony.

– Tak bardzo chciałabym tam pójść – westchnęła Jajszen.

Soon the scent of plum blossom announced the arrival of spring. It was time for the Spring Festival, where people gathered to honour their ancestors and young women and men hoped to find husbands and wives.

"Oh, how I would love to go," Yeh-hsien sighed.

– Ty?! – odrzekła jej przyrodnia siostra. – Nigdzie nie pójdziesz!
– *Ty* musisz zostać w domu i pilnować owocowych drzew – rozkazała macocha.
I tak też by się stało, gdyby Jajszen nie postawiła na swoim.

"You?!" said the stepsister. "You can't go!"
"*You* must stay and guard the fruit trees," ordered the stepmother.
So that was that. Or it would have been if Yeh-hsien had not been so determined.

Jak tylko macocha i przyrodnia siostra zniknęły jej z oczu, Jajszen uklękła przed swoimi ośćmi i wypowiedziała życzenie, które zostało spełnione w oka mgnieniu.

Jajszen została ubrana w jedwabne szaty, i ręcznie tkaną pelerynę z piór zimorodka. Każde pióro było olśniewające. A gdy Jajszen zaczęła się poruszać wszystkie mieniły się w najrozmaitszych odcieniach błękitu – indygo, lazurowym, turkusowym, i złocisto-niebieskim blasku jeziora, w którym niegdyś żyła jej rybka. Na stopach miała złote pantofelki. Pełna wdzięku i gracji jak wierzba kołysząca się na wietrze, Jajszen niepostrzeżenie wymknęła się z domu.

Once her stepmother and stepsister were out of sight, Yeh-hsien knelt before her fish bones and made her wish. It was granted in an instant.

Yeh-hsien was clothed in a robe of silk, and her cloak was crafted from kingfisher feathers. Each feather was dazzling bright. And as Yeh-hsien moved this way and that, each shimmered through every shade of blue imaginable – indigo, lapis, turquoise, and the sun-sparkled blue of the pond where her fish had lived. On her feet were shoes of gold. Looking as graceful as the willow that sways with the wind, Yeh-hsien slipped away.

Jajszen czuła, jak ziemia drży w rytmie tańca, gdy zbliżała się do miejsca, w którym odbywał się bal. W powietrzu unosił się zapach pieczonego mięsa i grzanego wina z przyprawami korzennymi. Dochodziły do niej dźwięki muzyki, śpiewu i radosnego śmiechu. Gdzie tylko nie spojrzała wszyscy bawili się wybornie. Twarz Jajszen rozjaśniała w promiennym uśmiechu.

As she approached the festival, Yeh-hsien felt the ground tremble with the rhythm of dancing. She could smell tender meats sizzling and warm spiced wine. She could hear music, singing, laughter. And everywhere she looked people were having a wonderful time. Yeh-hsien beamed with joy.

Wiele osób spojrzało na piękną nieznajomą.
– Kim *jest* ta dziewczyna? – zastanawiała się macocha, badawczo przyglądając się Jajszen.
– Swoim wyglądem przypomina trochę Jajszen – odrzekła przyrodnia siostra, marszcząc przy tym brwi ze zdziwienia.

Many heads turned towards the beautiful stranger.
"Who *is* that girl?" wondered the stepmother, peering at Yeh-hsien.
"She looks a little like Yeh-hsien," said the stepsister, with a puzzled frown.

Jajszen wyczuła ich natarczywe spojrzenia, odwróciła się i stanęła twarzą
w twarz z macochą. Jej serce zamarło, a uśmiech opuścił jej lico.
Jajszen uciekała w takim popłochu, że jeden z pantofelków zsunął się
z jej stópki. Lecz ona nie miała odwagi zatrzymać się i go podnieść,
i biegła tak całą drogę do domu z jedną bosą nogą.

Yeh-hsien felt the force of their stares and turned around, and found herself
face to face with her stepmother. Her heart froze and her smile fell.
Yeh-hsien fled in such a hurry that one of her shoes slipped from her foot.
But she dared not stop to pick it up, and she ran all the way home with
one foot bare.

Kiedy macocha powróciła do domu, zastała Jajszen śpiącą, przytuloną do jednego z drzew w ogrodzie. Przez jakiś czas przyglądała się swojej pasierbicy i po chwili parsknęła śmiechem. – Też coś! Jak mogłam myśleć, że to *ty* byłaś tą tajemniczą kobietą na balu? Co za absurd! I macocha więcej nie zaprzątała sobie tym głowy.

Ale co stało się ze złocistym pantofelkiem? Pantofelek leżał ukryty w wysokiej trawie, obmyty deszczem i pokryty kropelkami rosy.

When the stepmother returned home, she found Yeh-hsien asleep, with her arms around one of the trees in the garden. For some time she stared at her stepdaughter, then she gave a snort of laughter. "Huh! How could I ever have imagined *you* were the woman at the festival? Ridiculous!" So she thought no more about it.

And what had happened to the golden shoe? It lay hidden in the long grass, washed by rain and beaded by dew.

Nad ranem pewien młodzieniec przechadzał się we mgle. Złoty blask przykuł jego uwagę.
– Co to? – odrzekł ze zdziwieniem, podnosząc pantofelek – ...coś wyjątkowego.
Mężczyzna zabrał pantofelek na sąsiednią wyspę To'han i wręczył go królowi.

– Ten pantofelek jest przepiękny – zachwycał się król, obracając go w swoich rękach.
– Jeśli odnajdę kobietę, do której należy ten pantofelek, zostanie moją żoną. Król rozkazał,
aby wszystkie kobiety na jego dworze przymierzyły pantofelek, ale on był o cal za mały
nawet na najmniejszą stópkę. – Przeszukam więc całe królestwo – poprzysiągł, ale mimo
to pantofelek na nikogo nie pasował.
– Muszę odnaleźć kobietę, do której należy ten pantofelek – oznajmił król. – Ale jak?
W końcu przyszedł mu do głowy pewien pomysł.

In the morning, a young man strolled through the mist. The glitter of gold caught his eye. "What's this?" he gasped, picking up the shoe, "...something special." The man took the shoe to the neighbouring island, To'han, and presented it to the king.

"This slipper is exquisite," marvelled the king, turning it over in his hands. "If I can find the woman who fits such a shoe, I will have found a wife." The king ordered all the women in his household to try on the shoe, but it was an inch too small for even the smallest foot. "I'll search the whole kingdom," he vowed. But not one foot fitted. "I must find the woman who fits this shoe," the king declared. "But how?"
At last an idea came to him.

Król i jego poddani umieścili pantofelek przy drodze. Następnie wszyscy ukryli się i obserwowali, czy pojawi się ktoś i go zabierze.

W momencie gdy dziewczyna w podartych łachmanach oddaliła się z pantofelkiem, służący myśleli, że go ukradła. Lecz król uważnie wpatrywał się w jej stopy.

– Idźcie za nią – powiedział cicho.

– Otwierać! – wykrzykiwali dworzanie króla, dobijając się do drzwi domu Jajszen.

Król przeszukał każdy zakątek i znalazł Jajszen. W ręce trzymała złoty pantofelek.

– Proszę – powiedział król – nałóż go.

The king and his servants placed the shoe by the wayside. Then they hid and watched to see if anyone would come to claim it.

When a ragged girl stole away with the shoe the king's men thought her a thief. But the king was staring at her feet.

"Follow her," he said quietly.

"Open up!" the king's men hollered as they hammered at Yeh-hsien's door. The king searched the innermost rooms, and found Yeh-hsien. In her hand was the golden shoe.

"Please," said the king, "put it on."

Macocha i przyrodnia siostra przyglądały się z niedowierzaniem, jak Jajszen udała się do swojej kryjówki. Gdy powróciła miała na sobie pelerynę z piór i obydwa złote pantofelki. Była tak piękna jak boskie stworzenie. A król wiedział już, że odnalazł swoją miłość.

I tak oto Jajszen poślubiła króla. Uczta odbywała się przy świetle lampionów na tle królewskich chorągwi, przygrywano na gongach i bębnach, i podawano najsmaczniejsze frykasy. Uroczystościom nie było końca przez siedem dni.

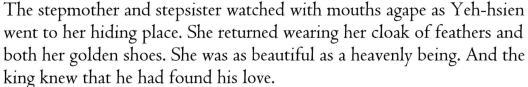

The stepmother and stepsister watched with mouths agape as Yeh-hsien went to her hiding place. She returned wearing her cloak of feathers and both her golden shoes. She was as beautiful as a heavenly being. And the king knew that he had found his love.

And so Yeh-hsien married the king. There were lanterns and banners, gongs and drums, and the most delicious delicacies.
The celebrations lasted for seven days.

Jajszen i jej król posiadali wszystko, czego mogło zapragnąć serce. Pewnej nocy zakopali ości na brzegu morza, które uniosła fala morskiego odpływu.

Duch rybki został uwolniony, aby na zawsze pływać w iskrzących się słońcem przestworzach oceanu.

Yeh-hsien and her king had everything they could possibly wish for. One night they buried the fish bones down by the sea-shore where they were washed away by the tide.

The spirit of the fish was free: to swim in sun-sparkled seas forever.